Friedrich W. Olpen

Witze in Versen
zur
Weihnachtszeit

Inhalt

Adventskranz

Wenn´s weihnachtet, steht grün und frisch
auch ein Adventskranz auf dem Tisch.
Zum Kaffeeklatsch dann jedes Jahr
die Tanten kommen, das ist klar.
Bei Meiers ist das gute Sitte,
der Tag ist da für die Visite.

Frau Meier, ganz emanzipiert,
den lieben Gatten dirigiert.
„Johannes, sei ein guter Mann,
zünd' den Adventskranz schon mal an."
Der Schelm drauf: „Gern, mit frohem Herzen,
doch Frage, Liebes, auch die Kerzen?"

Adventszeit

Im Aufsatz schreibt der kleine Fritz:
„Das mit Advent, das ist ein Witz.
Der zieht sich über Wochen hin,
Schikane sehe ich darin.

Das ist bis Weihnachten zu lang,
ein viel zu langer Übergang.
Das Weihnachtsfest muss früher liegen,
das ist ja jetzt zum Krämpfe kriegen.

Adventszeit kürzer, das tut not,
zehn Tage ist mein Angebot.
Wir sollen brav sein in der Zeit,
doch wochenlang, das geht zu weit."

Asylant zum Fest

Es klingelt an der Tür zur Wohnung,
ununterbrochen ohne Schonung.
Da steht ein Mann der Caritas,
zeigt brav Frau Meier seinen Pass.

Er spricht vom Weihnachtsfest der Liebe,
von seiner Sorge, die ihn triebe.
„So feiern Sie doch statt Verwandten
dies' Jahr mit einem Asylanten."

„Nun gut, dann will ich mich bequemen
und einen Asylanten nehmen,
doch nächstes Jahr soll's wieder fein
der altgewohnte Truthahn sein.

Befreit

Da sagt die Gans im fernen Polen
zur anderen im Eck verstohlen:

„Sei fröhlich, Weihnachten ist nah,
dann sind wir beide endlich da,
befreit vom Stress und den Molesten,
zu Weihnachten sind wir im Westen."

Bestens informiert

Die Tante droht: „Du böser Klaus,
das sage ich dem Nikolaus."
Der Neffe noch nicht sieben ist,
doch gibt sich schon als Realist.

„Das macht mir überhaupt nichts aus,
mein Papa ist der Nikolaus.
Und auch das Christkind ist mein Pa,
ich kenn' das ganze Trallala.

Der Osterhase apropos,
das ist mein Papa ebenso.
Bei uns ist, liebe Tante, horch,
der Pap sogar der Klapperstorch."

Blondies Weihnachtsgans

Die platinblonde Ehefrau
macht in der Küche groß auf Schau.
Die Weihnachtsgans will sie bereiten,
das will sie ganz allein bestreiten.

Der Ehemann ist sehr gespannt
und ruft zur Küche hingewandt:
„Wie geht´s voran mit deiner Gans?"
Darauf der Köchin Resonanz:

„Ich hab' sie schon gerupft, jedoch,
nun ja, ich muss sie schlachten noch."

Buchgeschenk

„Zu Weihnachten ein schönes Buch,
das darfst du gerne wünschen dir".
Das sagte Oma beim Besuch
zum Enkelsöhnchen Kasimir.

„O danke, Oma, tausendmal."
Der Knirps verbeugt sich mit Manier.
„Wenn ich bin frei in meiner Wahl,
dann wünsche ich dein Sparbuch mir."

Diamantring

„Wer sich die Braut was kosten lässt,
schenkt Diamanten ihr zum Fest.

Drum mein Geschenk: ein Glitzer-Ring,
ein diamantbesetztes Ding.
Die ganzen lieben Anverwandten
bestaunten meine Diamanten."

Der Freund darauf: „Wie konntest du,
du bist doch pleite immerzu.
Du leidest wohl an Größenwahn,
hätt´s nicht ein Fernseher getan?"

„Da hast du aber Zuversicht,
gefälschte Glotzen gibt es nicht."

Doppelte Ferientage

Wir feiern groß das Weihnachtsfest
und die Geburt vom Jesulein.
Das beides sich nicht trennen lässt,
das findet Jüppchen hundsgemein.

Wär' jedes Fest für sich getrennt,
gäb's schulfrei zweimal ganz gewiss.
Doch Erna ein Malheur erkennt
und klagt dem Jupp voll Bitternis:

„Da muss man nicht Orakel spielen,
denn beide Feste leider fielen
in eine Zeit, wo mittendrin
schon Ferien sind ohnehin."

Drohung

Dem Küster schlägt Klein-Fritz ein Schnippchen,
schleicht sich dezent zum Weihnachtskrippchen.
Dort nimmt er aus dem Stroh geschwind
das süße kleine Jesuskind.

Er steckt es ein und zu ihm spricht:
„Ich warne dich, enttäusch' mich nicht.
Krieg' ich kein handy dieses Jahr,
dann mach' ich meine Drohung wahr.

Du siehst dann deiner Eltern Glieder
bis hin zum jüngsten Tag nicht wieder."

Falsche Geschenke

Sagt Heinz: „Wenn ich es recht bedenke,
an Weihnachten sind die Geschenke
vom Christkind, fast geläufig,
nicht passend, irrig allzu häufig.

Wie kommt das nur, kann das passieren?"
Sein Freund nach längerem Sinnieren:
„Der Job ist einfach nicht gekonnt.
Wie auch? Das Christkind ist ja blond."

Fluchwort

Es nahm Klein-Hans, der junge Spund,
ein böses Fluchwort in den Mund.
Der Vater fragt ihn ganz empört:
„Wo hast du das denn nur gehört?"

„Vom Jesuskind", die Antwort kam.
„Red' keinen Unsinn", Hans vernahm.
„Es kommt mir selber komisch vor,
so ist es aber", Hans beschwor.

„An Heiligabend dieses Jahr
das Jesuskind im Haus hier war,
um die Geschenke, wohl mit Segen,
am Weihnachtsbaume abzulegen.

Doch plötzlich ging im ganzen Haus
das Licht in allen Räumen aus.
Das Jesuskind im Dunkeln stieß
an einen Stuhl und schrie am Spieß:"

„Den Stuhl hier auf den Mist ich schmeiße,
so eine gottverdammte Sch….."

Geheimnisvoller Ort

Der Vater traut nicht seinen Ohren,
sein Sohn sich wissbegierig zeigt.
„Kennst du", er fragt, „den Ort Erkoren?
Wo liegt der?" Vater grübelnd schweigt.

Doch dann ihm Geistesblitze kamen,
er sagt mit Ernst im Angesicht:
„Ein Ort mit einem solchen Namen
ist unbekannt, den gibt es nicht."

Der Sohn ist damit nicht zufrieden,
er reagiert darauf empört.
„Im Gottesdienst", sagt er entschieden,
„da singen sie", ich hab´s gehört:

„Es ist ein Kindlein heut' geboren,
von einer Jungfrau aus Erkoren."

Gehorsam

Der heilige Sankt Nikolaus
geht in der Stadt von Haus zu Haus.
Die braven Kinder er belohnt,
doch sie mit Fragen nicht verschont:

So sucht er auch die Meiers auf,
die Fragerei nimmt ihren Lauf.
„Wer hat mit Disziplin nach Plan,
was Mutter wollte, stets getan?

Wer hat bei euch gespurt sofort,
gehorcht der Mutter stets aufs Wort?"
Da riefen alle kreuz und quer:
„Das war der Papa, das war er!"

Geschenke vom Jesuskind

Geschenke sind zum Weihnachtsfest
Das A und O für alle Kinder.
Klein-Fritz das nicht gut schlafen lässt,
oft die Erwachsenen nicht minder.

Der kleine Fritz, der ist auf Draht,
denkt über vieles nach beflissen,
zieht seine Schlüsse in der Tat,
so lässt er seine Mutter wissen:

„Wir brauchen, weil wir Christen sind,
nicht nach Geschenken rumzulaufen,
bei uns bringt die das Jesuskind,
Muslime müssen sie sich kaufen."

Geschenkkultur

Zwei Freunde in der Kneipe schwätzen
von Weihnachten, von all dem Hetzen.

Sie reden von Geschenkkultur.
Der eine meint: „Es ist obskur:
Was man so erntet an Geschenken,
kann man sich meist im Voraus denken."

Auf diese wehmutsvolle Klage,
stellt ihm der andere die Frage:
„Hast nie du ein Geschenk erhascht,
das dich hat völlig überrascht?"

„Doch, ein Geschenk vom lieben Chef
beim letzten großen Weihnachtstreff.
Es war das Buch „Gemeinschaftspflege",
das Wochen vorher ein Kollege,
um es nicht käuflich zu beziehen,
von mir sich hatte ausgeliehen."

Goethe und Schiller

Das Weihnachtsschenken steht bald an.
„Was schenkst du diesmal deinem Mann?"
Das fragt aus Neugier die Blondine
die andere mit Unschuldsmiene.

„Ich schenke ihm, er liebt ja Thriller,
den Goethe und den Friedrich Schiller,
und zwar, das tut gewiss nicht jeder,
aus dickem, festen, echten Leder."

„Sehr gut", darauf der Kommentar
und lobt: „Sehr überlegt, fürwahr.
Die geh'n so nicht, da zeigst du Grips,
so schnell kaputt wie die aus Gips."

Kerzen

Frau Neureich kühl und abgeklärt
ihr Auto in die Werkstatt fährt.
Die Inspektion ist wieder dran,
beflissen nervt der Service-Mann.

Der fragt, will wichtig tuend schwätzen:
„Soll ich die Kerzen auch ersetzen?"
Frau Neureich schlägt die Augen nieder:
„Oh Gott, ist Weihnachten schon wieder?"

Kleiderwunsch

Ein Freund bei einem and´ren klagt,
was man so unter Freunden sagt:

„Zu Weihnachten wünscht sich mein Weib
ein Kleid, das schmeichelt ihrem Leib,
das stellt sie dar in bestem Licht,
das passt und steht ihr zu Gesicht.“

Der Freund darauf: „Ich sag‘ ad hoc,
geh‘, kauf‘ ihr einen Faltenrock.“

Krippenmalerei

Die ganze Kindergartensippe
malt im Advent die Weihnachtskrippe;
nicht Josef und Maria nur,
noch vieles mehr gewinnt Kontur.

Der Juppi aus den Augen strahlt,
er hat ein großes Bild gemalt.
Die junge Kindergärtnerin
geht anerkennend zu ihm hin.

„Wer ist der Mensch auf deinem Bild,
der so schön lächelt süß und mild?"
Der Juppi schaut ihr ins Gesicht
und fragt: „Den kennst du wirklich nicht?

Ein jeder doch den Owi kennt,
der ist doch überall präsent.
Ist es zu dir noch nicht gedrungen?
Der wird sogar im Lied besungen:

Stille Nacht, heil'ge Nacht,
Gottes Sohn, Owi lacht."

Lamm Gottes

Zwei Brüder aus der Müller-Sippe
steh´n in der Kirche an der Krippe.
Der ältere belehrt den Kleinen
und will bei ihm ganz cool erscheinen.

„Den Stall von Bethlehem sieh' dort,
Maria, Josef sind vor Ort,
und in der Krippe ganz allein
träumt vor sich hin das Jesulein.

Doch, was du siehst, ich sag´s salopp,
ist bildhaft quasi, so als op,
denn die Figuren alle gleich
sind eigentlich im Himmelreich."

Der Kleine fragt: „Auch Ochs und Ziegen,
die Schafe, Esel, die da liegen?"
„Nein, die sind niederer Natur
und für des Menschen Nutzen nur.
Auf Tiere ist man nicht erpicht,
die will im Himmelszelt man nicht.

Doch vom Lamm Gottes spricht der Christ,
vom Lamme, das im Himmel ist,
nur keiner weiß von all den Frommen,
wie ist es nur hinein gekommen?"

Niemals lügen

„Horch, Kinder sollen niemals lügen
und auch mit Worten nicht betrügen."
So mahnt der Vater seinen Sohn,
doch dieser kann parieren schon:

„Wer lügt, das sind wohl nicht die Kleinen,
die Alten sind´s, das will ich meinen.
Die pflegen Lügen mit Bravour,
erzählen Lügenmärchen pur
vom Christkind, Nikolaus, ja Phrasen
vom Klapperstorch und Osterhasen."

Ostfriesen

Bricht der Dezember an im Jahr,
dann sehen die Ostfriesen klar.
Dann klettern sie mit Mann und Maus
durchs Fenster täglich rein und raus.

„Warum die Prozedur, wofür?"
„Weil Weihnachten steht vor der Tür."

Schottischer Advent

Ein Schotte vor dem Spiegel steht
und hält zwei Kerzen vor sich hin.
Ein Hauch von Andacht ihn umweht,
doch was hat das für einen Sinn?

Zwei Kerzen! Hell ihr Licht erstrahlt,
den Schotten mit den Kerzen malt.
Der feiert, wie man Schotten kennt,
den vierten Sonntag im Advent.

Schwiegermutter

„An Weihnachten zum sechsten Mal
kommt Schwiegermutter zu uns her.
Das ist für sie wohl eine Qual,
ich sage dir, die tut sich schwer.

Sie strengt sich wirklich an dabei,
drum soll es ausnahmsweise sein,
wir sind nun mal so frank und frei
und lassen dieses Jahr sie rein."

Sorgen

Herr Meier macht sich ernste Sorgen,
ein Schneesturm tobt durchs Land hinfort,
denn seine Frau ist seit dem Morgen
schon auf dem Weihnachtsmarkt im Ort.

Der Nachbar meint: „Nur keine Bange,
die bleibt im Wetter da nicht lange.
Es gibt Geschäfte dort, besorgter Mann,
wo sie sich unterstellen kann."

„Da hat sie Zeit, ist wohlgeborgen,
und das genau sind meine Sorgen."

Trommelfreude

„Das herrlichste Geschenk zum Fest,"
der Peter sich vernehmen lässt,
„das, Oma, war von dir die Trumm,
die dicke Trommel: bumm, bumm, bumm."

„Tatsächlich?" freut die Oma sich.
„Dann ist sie richtig ja für dich."
„Die Trommel, ja, die ist schön laut,
wenn man drauf schlägt und kräftig haut."

Wenn ich sie lasse und nicht schlag',
macht sie mich froh doch jeden Tag,
denn Mutter gibt mir dann konstant
fünf Euro täglich auf die Hand."

Unpassende Geschenke

Zwei Zicken, die sich sonst befehden,
aus Neugier miteinander reden.
Das letzte Weihnachten gibt Stoff
auch ohne den normalen Zoff.

„Mein Freund hat mir ein Buch geschenkt,
das war ein Flop, wenn man bedenkt,
dass ich trotz aufgewecktem Wesen
bis heute leider nicht kann lesen."

„Ach", sagt die Zweite, nimm´s nicht schwer,
mich traf der Schlag sogar noch mehr.
Was ich vom Freund bekam, war doller,
das war ein teurer Deo-Roller.

Ich dachte nur: „Was fällt dem ein,
ich hab' doch keinen Führerschein."

Vaters Weihnachtswunsch

Vor Weihnachten entsteht die Frage:
„Was schenken?" Wünsche werden laut.
Der Vater in derselben Lage,
dem Sohnemann sich anvertraut.

„Wenn es dir, Sohn, auch scheint geboten,
kein Kaufgeschenk brauch' ich von Dir,
jedoch mal gute Zeugnisnoten,
das wär' ein Weihnachtswunsch von mir."

Der Sohn darauf: „Ich kenn' die Platte,
das ist jetzt viel zu spät", er schnauft.
„Ich hab' die bunteste Krawatte
vor Wochen schon für dich gekauft."

Verschobenes Geschenk

Ein Schotte fragt sein Eheweib:
„Was kann ich Weihnachten dir schenken?
Zum Anzieh´n was, zum Zeitvertreib?
Ich kann nichts richtiges mir denken.“

Die Frau: „Ich habe auch nichts im Visier,
was ich als Wunsch wohl könnte hegen.“
Der Schotte drauf: „Dann schenk' ich dir
ein ganzes Jahr zum Überlegen.“

Weihnachten früher

„Das Weihnachten war früher schön,
jetzt weiß ich auch, bei Gott, warum."
Der Vater sagt es mit Gestöhn
und sieht gequält im Raum sich um.

„Geschenke gab es früher auch,
ich konnte mich drin richtig aalen,
und was das schönste war am Brauch,
ich musste nichts, wie heut', bezahlen."

Weihnachtsbaumsuche

„Was machen die Blondinen da
im Winterwald mit viel Trara."
„Die suchen, echt, man glaubt es kaum,
mit Eifer einen Weihnachtsbaum."

Kein Baum jedoch geeignet scheint,
die eine schließlich frostig meint:
„Dann nehmen wir trotz Defizit
ein Tännchen ohne Kugeln mit."

Weihnachtsgeschenk

„Was schenkst du deinem Brüderchen
zu Weihnachten in diesem Jahr?"
Der Lehrer fragt den Schüler Sven,
gespannt auf dessen Kommentar.

„Wie soll ich das so früh schon wissen,
das ist nicht leicht mit einer Wahl,
und nicht getan mit Leckerbissen.
Wie war das letztes Jahr nochmal?

Er hat etwas bekommen, doch."
Der Sven gerät dabei ins Stocken.
„Im letzten Jahr, das weiß ich noch,
bekam er just von mir die Pocken."

Weihnachtsmann

Nach einer seiner langen Runden
fühlt sich der Weihnachtsmann k.o.;
drum lässt er schlapp sich Schnäpse munden
beim Wirt zum „Wilden Zampano".

Benebelt klagt beim Wirt er dann:
„Hier hocke ich in Maskerade,
dich gibt es doppelt, zweimal, Mann
und mich gibt´s gar nicht, schade."

Weihnachtsmarkt

Zwei Frauen treffen sich und klagen,
was sie an Unbill müssten tragen.
Die eine sagt: „Ich bin es leid,
mein Mann macht nichts an Hausarbeit.

Als fast mich traf der Herzinfarkt,
bin ich mit ihm zum Weihnachtsmarkt.“
Die And're: „Frust kann überborden,
sind Sie den Alten losgeworden?“

Weihnachtsstau

Vom Weihnachtsstau nicht grad entzückt
ein Autofahrer hupt verrückt.
Ein and'res Opfer dieses Staus,
beugt aus dem Fenster sich heraus.

Es ist ein Damen-Angesicht,
aus dem versteckte Bosheit spricht:

„Oh, Ihre Hupe, die ist toll,
doch darf ich fragen ehrfurchtsvoll,
hat denn das Christkind mit Bedacht
dem Herrn auch sonst noch was gebracht?"

Zu teuer

„Anlässlich Weihnachten, mein Schatz,
was wünschst du dir ganz aktuell?"
„Das sag' ich dir in einem Satz",
sagt sie, „die Scheidung und zwar schnell."

„An so was teures über Nacht
hab' ich, mein Liebes, nicht gedacht."

Lachen ist eine körperliche Übung von größtem Wert für die Gesundheit.

Aristoteles

FSC
www.fsc.org

MIX

Papier | Fördert
gute Waldnutzung

FSC® C083411

Zeitfracht Medien GmbH
Ferdinand-Jühlke-Straße 7
99095 Erfurt, Deutschland
produktsicherheit@kolibri360.de